Comparing Countries

Towns and Villages

Compara países

Ciudades y pueblos

Sabrina Crewe

translated into Spanish by Ana Cristina Llompart Lucas

FRANKLIN WATTS
LONDON · SYDNEY

Franklin Watts
First published in Great Britain in 2018 by The Watts Publishing Group

Page layout: Keith Williams
Illustration: Stefan Chabluk
Produced by Discovery Books Limited

The publisher would like to thank the following for permission to reproduce their pictures: 1000 Words/Shutterstock 22; Al-Jazeera English 21; Asia Travel/Shutterstock 13; Igor Bulgarin/Shutterstock 24; Chiosphotographer/Shutterstock 11; Cowardlion /Shutterstock 25; Mikael Damkier/Shutterstock 8; DKSStyle/Shutterstock 9; Hauke Dressler/LOOK Photos/Alamy Stock Photo 17; Alexander Erdbeer/Shutterstock 4; ESB Professional/ Shutterstock 26; Michal Fludra/NurPhoto/Getty Images 20; Anton Ivanov/Shutterstock 6; Joyfull/Shutterstock 15; Michal Knitl/Shutterstock 27; Miguel Medina/AFP/ Getty Images 14; Indranil Mukherjee/AFP/Getty Images 16; Naihei/Shutterstock 12; Eric Nathan/Getty Images front cover (bottom), 23; Pakhnyushchy/Shutterstock 28; Quick Shot/Shutterstock 19; Matyas Rehak/Shutterstock front cover (top), 10; Sakaret/Shutterstock 29; Omar Torres/AFP/Getty Images 18; View Apart/Shutterstock 5; Anton Vergun/TASS/Getty Images 7.

Every attempt has been made to clear copyright. Should there be any inadvertent omission please apply to the publisher for rectification.

ISBN 978 1 4451 6014 6

Printed in China

MIX
Paper from responsible sources
FSC® C104740
FSC
www.fsc.org

Franklin Watts
An imprint of
Hachette Children's Group
Part of The Watts Publishing Group
Carmelite House
50 Victoria Embankment
London EC4Y 0DZ

An Hachette UK company.
www.hachette.co.uk
www.franklinwatts.co.uk

All words in bold are explained in the glossary on pages 30-31.

Todas las palabras en negrita se explican en el glosario de las páginas 30-31.

Contents

If you want to read this book in English, follow the green panels. If you want to read this book in Spanish, follow the purple panels. Or you can read in both languages.

Contenido

Si quieres leer este libro en inglés, sigue los paneles en verde. Si quieres leer este libro en español, sigue los paneles en morado. O puedes leerlo en los dos idiomas.

From villages to cities

In every country, there are **settlements** of all sizes. Some tiny villages are home to just a few people, while millions of people live in big towns called cities. Let's go around the world to compare towns, cities and villages.

DENMARK

The Faroe Islands are part of Denmark. Some villages there have fewer than 20 people living in them.

De pueblos a ciudades

En todos los países hay **asentamientos** de todos los tamaños. Algunos pueblos diminutos son hogar solo para unas pocas personas, mientras que millones de personas viven en grandes ciudades. Vamos a recorrer el mundo para comparar ciudades y pueblos.

DINAMARCA

Las Islas Feroe son parte de Dinamarca. Allí algunos pueblos tienen menos de 20 habitantes.

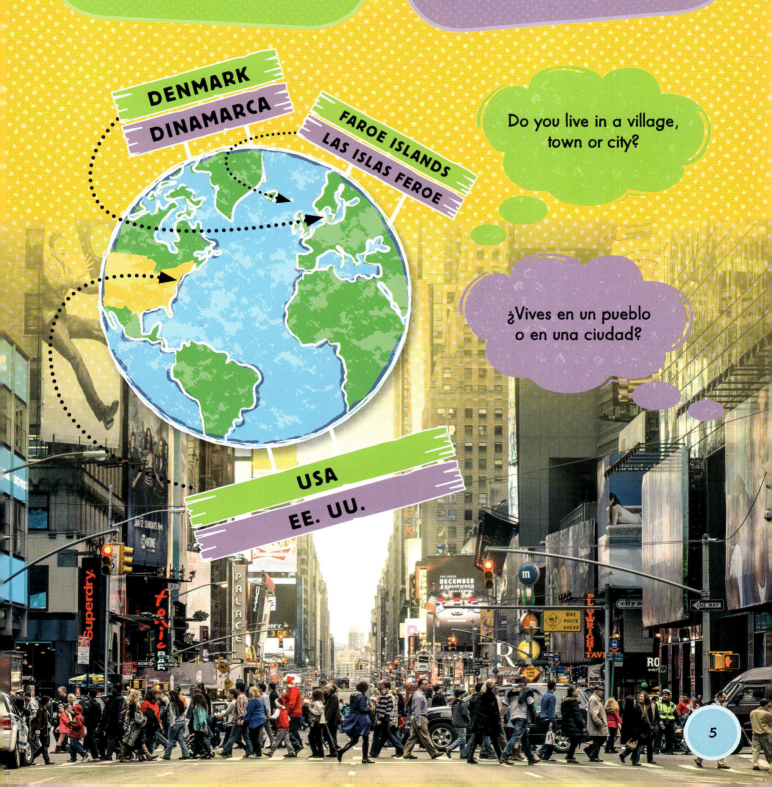

USA

New York is one of the world's biggest cities. Its streets are crowded and busy. About 8.5 million people live there.

EE. UU.

Nueva York es una de las ciudades más grandes del mundo. Sus calles están llenas de gente y de ajetreo. En ella viven alrededor de 8,5 millones de personas.

DENMARK
DINAMARCA

FAROE ISLANDS
LAS ISLAS FEROE

USA
EE. UU.

Do you live in a village, town or city?

¿Vives en un pueblo o en una ciudad?

5

Village life

La vida en un pueblo

Villages are small **communities**. They are quieter and less crowded than towns. Some villages are found in **rural** areas, a long way from a city.

Los pueblos son **comunidades pequeñas**. Son más tranquilos y tienen menos gente que las ciudades. Algunos pueblos se encuentran en zonas **rurales**, muy alejados de una ciudad.

SENEGAL

Rural villages in Senegal often have houses made of straw. There are few cars, so children can play outside safely.

SENEGAL

Los pueblos rurales de Senegal a menudo tienen casas hechas de paja. Hay pocos coches y los niños pueden jugar fuera seguros.

RUSSIA

In villages, the whole community can come together for **festivals**. Many villages in Russia have folk festivals that celebrate their **traditions**.

RUSIA

En los pueblos, la comunidad entera puede reunirse en los **festivales**. Muchos pueblos de Rusia tienen festivales folclóricos que celebran sus **tradiciones**.

RUSSIA

RUSIA

What is a community?

A community is a group of people who live near each other.

¿Qué es una comunidad?

Una comunidad es un grupo de personas que viven cerca unas de otras.

SENEGAL

SENEGAL

Town life

La vida en una ciudad

Town life is often busier than life in a village. There are more people, cars and places to work. There is usually a lot of activity.

La vida en una ciudad a menudo es más ajetreada que en un pueblo. Hay muchas personas, coches y lugares de trabajo. Normalmente hay mucha actividad.

BRAZIL

Most towns have a business centre. The streets are busy with people shopping and going back and forth from work.

BRASIL

La mayor parte de las ciudades tienen un centro de negocios. Las calles están muy ajetreadas con gente que hace compras y va de camino o de vuelta al trabajo.

GREECE

Town life includes many activities, such as fairs, concerts and games. People take part in sporting events, such as races.

BRAZIL
BRASIL

GREECE
GRECIA

GRECIA

La vida de la ciudad incluye muchas actividades como ferias, conciertos y juegos. La gente participa en eventos deportivos, como carreras.

Capital cities

Capital cities are usually the biggest towns of all. A country's **government** is in the capital, which is often a centre for business and **culture**, too.

EGYPT

Cairo is the capital city of Egypt. People there are proud of their **ancient** culture and buildings.

Las ciudades capitales

Normalmente las ciudades capitales son las ciudades más grandes de todas. El **gobierno** del país está en la capital, que a menudo es también un centro de negocios y de **cultura**.

EGIPTO

El Cairo es la capital de Egipto. Allí la gente está orgullosa de su cultura y edificios **ancestrales**.

What is a government?

A government is a group that leads a town or country. Governments make laws and look after public places.

¿Qué es un gobierno?

Un gobierno es un grupo que dirige una ciudad o un país. Los gobiernos hacen **leyes** y cuidan de los lugares públicos.

SOUTH KOREA

COREA DEL SUR

SOUTH KOREA

Seoul is a modern capital with many new buildings. It is a centre for electronics and new technology.

COREA DEL SUR

Seúl es una capital moderna con muchos edificios nuevos. Es un centro de la electrónica y las nuevas tecnologías.

EGYPT

EGIPTO

Connecting towns and villages

Las conexiones entre ciudades y pueblos

Roads connect people in villages, towns and cities. Many settlements are near rivers, where bridges of all sizes connect them to other places.

Las carreteras conectan a las personas en los pueblos y las ciudades. Muchos asentamientos están cerca de ríos, donde puentes de todos los tamaños los conectan con otros lugares.

PAKISTAN

In small villages with few cars, people often walk or cycle from one place to another. **Suspension bridges** allow them to cross rivers on foot.

PAKISTÁN

En pueblos pequeños con menos coches, la gente a menudo camina o va en bicicleta de un lugar a otro. Los **puentes colgantes** les permiten cruzar los ríos a pie.

NEW ZEALAND

In towns with many cars and other **vehicles**, streets can get crowded with traffic. So big towns and cities build motorways and **flyovers** to keep the traffic flowing.

NUEVA ZELANDA

En las ciudades con muchos coches y otros **vehículos**, las calles pueden abarrotarse de tráfico. Por eso las ciudades grandes construyen autopistas y **pasos elevados** para que el tráfico siga fluyendo.

NEW ZEALAND
NUEVA ZELANDA

PAKISTAN
PAKISTÁN

Getting around

People all around the world use public transport such as buses and trains to get around. They are important in different places for different reasons.

FRANCE

Below cities, fast underground trains transport millions of people every day. The Paris Metro is one of the world's busiest underground systems.

De un lugar a otro

La gente de todo el mundo utiliza el transporte público, como los autobuses y los trenes, para moverse de un lado a otro. Son importantes en distintos lugares por razones diferentes.

FRANCIA

Debajo de las ciudades, veloces trenes subterráneos transportan a millones de personas todos los días. El Metro de París es uno de los sistemas de metro de mayor actividad del mundo.

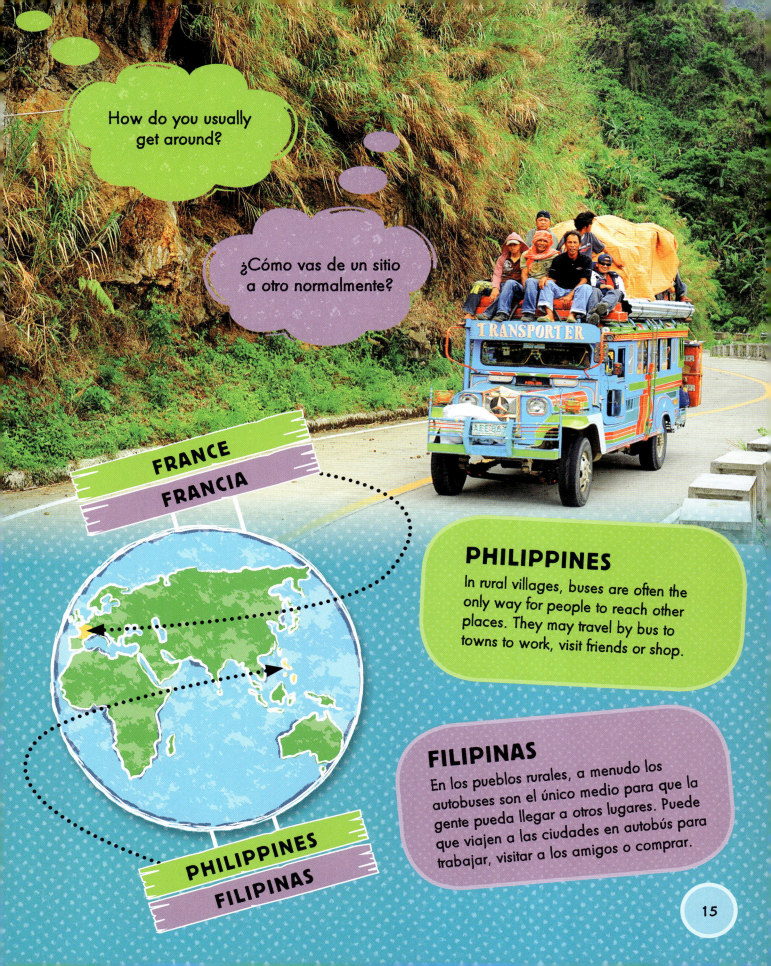

How do you usually get around?

¿Cómo vas de un sitio a otro normalmente?

FRANCE
FRANCIA

PHILIPPINES

In rural villages, buses are often the only way for people to reach other places. They may travel by bus to towns to work, visit friends or shop.

FILIPINAS

En los pueblos rurales, a menudo los autobuses son el único medio para que la gente pueda llegar a otros lugares. Puede que viajen a las ciudades en autobús para trabajar, visitar a los amigos o comprar.

PHILIPPINES
FILIPINAS

15

Places to shop

Lugares para comprar

Everyone needs to buy food, whether they live in a tiny village or big, busy town.

Todo el mundo necesita comprar alimentos, tanto si viven en un pueblo diminuto como en una ciudad grande y ajetreada.

INDIA

In big towns, people often shop in supermarkets. A supermarket is a huge shop selling all kinds of food. They sell fresh fruit and vegetables, snacks, biscuits and packaged foods, such as rice and spices.

INDIA

En las ciudades grandes, la gente a menudo compra en los supermercados. Un supermercado es una tienda enorme que vende todo tipo de alimentos. Venden fruta y verduras frescas, comida para picar, galletas y alimentos envasados, como arroz y especias.

SPAIN

Street markets in towns and villages have lots of stalls. Stall owners sell things they have made or grown.

ESPAÑA

Los mercados callejeros en ciudades y pueblos tienen muchos puestos. Los dueños de los puestos venden cosas que han hecho o cultivado.

INDIA

INDIA

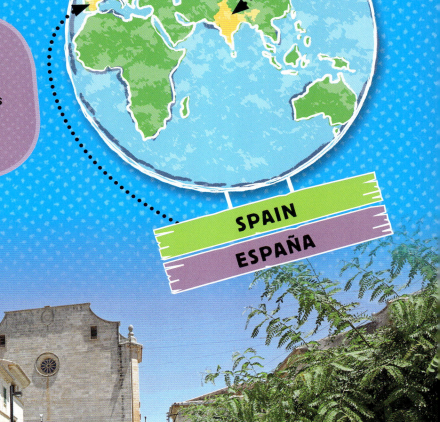

SPAIN

ESPAÑA

17

Places to work

Every day, people in towns and villages around the world go to work. Some work in offices while others work in shops. Many people make things at work.

MEXICO

Mexico has many factories, including car factories. People operate the machines that make car parts and put the parts together.

Lugares de trabajo

Cada día, la gente de las ciudades y los pueblos de todo el mundo va a trabajar. Algunos trabajan en oficinas mientras que otros trabajan en tiendas. Mucha gente fabrica cosas en su trabajo.

MÉXICO

México tiene muchas fábricas, incluidas fábricas de coches. La gente hace funcionar las máquinas que fabrican piezas de coche y montan las piezas.

Making food

More people work in growing and producing food than at any other job in the world.

La producción de alimentos

Más gente trabaja cultivando y produciendo alimentos que en cualquier otro trabajo del mundo.

MALI
MALÍ

MALI

People in villages without big factories or shops often work to make their own food. They grow **millet** and use big sticks to grind the seeds into flour.

MALÍ

En los pueblos sin fábricas o tiendas grandes, la gente a menudo trabaja para producir sus propios alimentos. Cultivan **mijo** y usan palos grandes para moler las semillas y hacer harina.

MEXICO
MÉXICO

Places of worship

Places of worship exist all around the world. Different countries and religions have different places of worship.

POLAND

Most Polish villages have small Catholic churches. At Easter, children bring baskets of food to the church for the priest's traditional blessing.

Lugares de culto

Los lugares de culto existen en todas partes del mundo. Distintos países y religiones tienen distintos lugares de culto.

POLONIA

La mayor parte de los pueblos de Polonia tienen pequeñas iglesias católicas. En Semana Santa, los niños traen cestas de alimentos a la iglesia para la bendición tradicional del cura.

POLAND
POLONIA

SAUDI ARABIA

Cities have big mosques, and the world's largest mosque is in Mecca. More than a million Muslims can worship there at one time.

ARABIA SAUDÍ

Las ciudades tienen grandes mezquitas y la mezquita más grande del mundo está en La Meca. Más de un millón de musulmanes pueden celebrar culto aquí al mismo tiempo.

SAUDI ARABIA
ARABIA SAUDÍ

21

Outside spaces

Espacios exteriores

Outside spaces are good places for communities to get together. All towns and villages around the world have outside spaces for local people to enjoy.

Los espacios exteriores son buenos lugares para que las comunidades puedan reunirse. Todas las ciudades y pueblos de todo el mundo tienen espacios exteriores para que la gente disfrute.

BRITAIN

Many towns and villages have a green in the centre. These greens are traditionally places where people gather for events and entertainment.

GRAN BRETAÑA

Muchas ciudades y pueblos tienen un prado comunal en el centro. Estos prados comunales son lugares tradicionales donde la gente se reúne para eventos y diversión.

BRITAIN
GRAN BRETAÑA

UNITED ARAB EMIRATES

Lots of people in Abu Dhabi live in tall buildings. They like to get outside and visit parks with playgrounds, trees and places to walk.

EMIRATOS ÁRABES UNIDOS

En Abu Dabi mucha gente vive en edificios altos. Les gusta salir y visitar los parques con zonas de juego, árboles y lugares donde pasear.

UNITED ARAB EMIRATES
EMIRATOS ÁRABES UNIDOS

23

Places to visit

There is always something to do in towns and villages. From parks to museums and theatres, you can find many places to visit and have fun.

UKRAINE

Large and small towns often have a youth theatre. Children love to watch and even take part in shows with music and dancing.

Lugares para visitar

En los pueblos y ciudades siempre hay algo que hacer. Puedes encontrar muchos lugares que visitar y donde divertirte, desde parques a museos y teatros.

UCRANIA

Las ciudades grandes y pequeñas a menudo tienen un teatro juvenil. A los niños les encanta mirar e incluso participar en espectáculos con música y bailes.

JAPAN

Museums bring together objects for people to look at. Dinosaur **exhibits** are a favourite at the National Museum of Nature and Science in Tokyo.

JAPÓN

Los museos reúnen objetos para que la gente los contemple. Las exposiciones de dinosaurios son unas de las favoritas en el Museo Nacional de la Naturaleza y la Ciencia de Tokio.

UKRAINE

UCRANIA

What is your favourite place to visit?

¿Cuál es tu lugar favorito para visitar?

JAPAN

JAPÓN

At home

Whether you live in a tiny village or a big town, the most important place is home. Homes also come in many shapes and sizes!

CHINA

In cities with big **populations**, tall buildings can house hundreds of families. The busy city of Hong Kong is home to more than seven million people.

En casa

Tanto si vives en un pueblo diminuto como en una ciudad grande, el lugar más importante es el hogar. ¡Los hogares también son de muchas formas y tamaños distintos!

CHINA

En ciudades con **poblaciones** grandes, los edificios altos pueden ser hogar para cientos de familias. La ajetreada ciudad de Hong Kong es hogar para más de siete millones de personas.

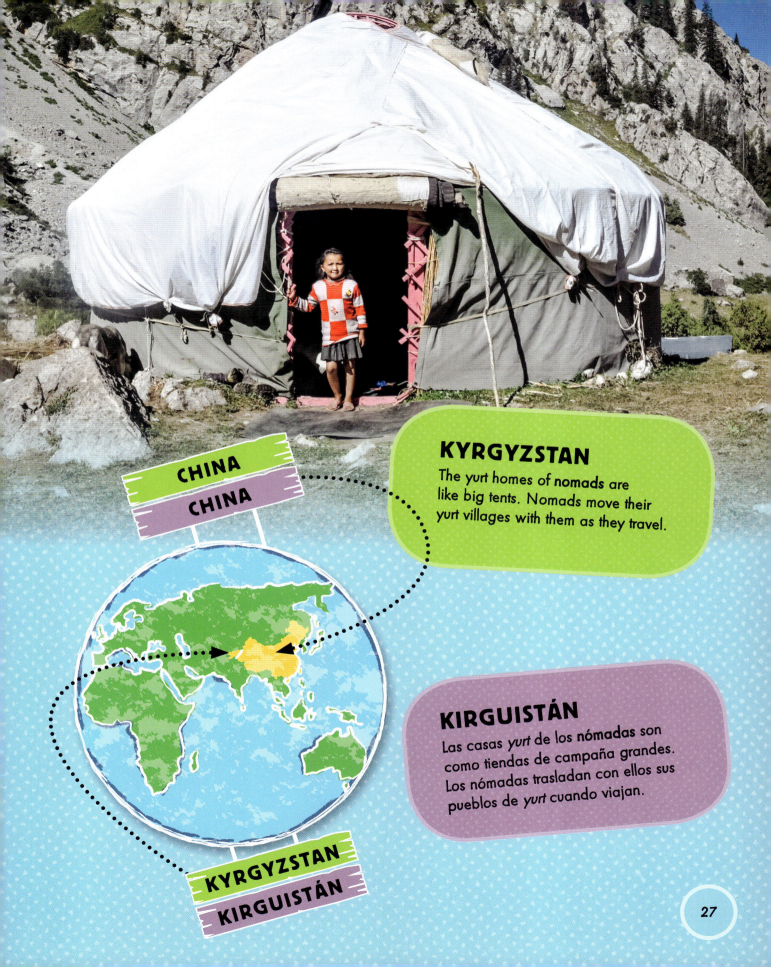

CHINA
CHINA

KYRGYZSTAN

The yurt homes of nomads are like big tents. Nomads move their yurt villages with them as they travel.

KIRGUISTÁN

Las casas *yurt* de los nómadas son como tiendas de campaña grandes. Los nómadas trasladan con ellos sus pueblos de *yurt* cuando viajan.

KYRGYZSTAN
KIRGUISTÁN

Amazing towns and villages

Ciudades y pueblos increíbles

Let's look at some of the most unusual towns and villages around the world.

Vamos a mirar ahora algunas de las ciudades y pueblos más inusuales del mundo.

PERU

The villages of Lake Titicaca are found on islands made of reeds. The villages float on the water, and people come and go by boat.

PERÚ

En el lago Titicaca, los pueblos se encuentran en islas hechas de cañas. Los pueblos flotan sobre el agua y la gente va de un sitio a otro en barco.

PERU
PERÚ

AUSTRALIA

One Central Park in Sydney has gardens growing on its towers! It is a **sustainable** building that recycles its water and produces its own **energy**.

AUSTRALIA

El edificio One Central Park en Sídney ¡tiene jardines que crecen en sus torres! Es un edificio **sostenible** que recicla el agua que usa y produce su propia **energía**.

AUSTRALIA
AUSTRALIA

Sustainable towns

In the future, more and more people will live in towns. Governments are planning how to make towns and villages more sustainable.

Ciudades sostenibles

En el futuro más y más gente vivirá en las ciudades. Los gobiernos están planeando cómo construir ciudades y pueblos más sostenibles.

29

Glossary

ancient very old or from a time long ago

community a group of people who live near each other, such as people in a tribe, village or neighbourhood

culture a combination of beliefs and customs that belong to a particular group. It also means art, theatre, music, science, literature, language and other things achieved or created by people

energy usable power, such as electricity produced for heating and lighting

exhibit something on display in a public place

factory a building where things are manufactured (made), usually by machines

festival a celebration shared by lots of people that may happen every year

flyover a road that goes over other roads and intersections

government the group of leaders that makes decisions and laws for a country

law a rule that is made by a government and that everyone has to follow

millet a type of plant producing seeds that people can use for flour or cereal

mosque a place of worship, community, culture and learning for Muslims

national to do with a nation. A national museum, for example, is the main museum for a whole country

nomad a person who travels instead of living in a fixed spot. Many nomads move their homes when the seasons change

population the number of people living in a town, village, region or country

recycle to use something again instead of throwing it away

reed a type of tall grass that grows in wet places

rural to do with areas where there are farms or that are far away from large cities

settlement a place where people build houses and live

stall a booth or table at which people sell things

suspension bridge a bridge that hangs from strong cables instead of standing on supports

sustainable something that can last. In the case of developing towns and cities, sustainable means doing things in a way that protects resources for the future

technology scientific knowledge, processes or tools that people can use to do things – for example, the use of computers for work or learning

tradition something that people always do in the same way and may pass on to younger people in their family or community

vehicle things, such as cars, bicycles or lorries, used to transport people and objects

worship to show respect and devotion or pray to a god

Glosario

ancestral muy antiguo o de mucho tiempo atrás

comunidad un grupo de personas que viven cerca unos de otros, como las personas de una tribu, un pueblo o un barrio

cultura una combinación de creencias y costumbres que son parte de un grupo particular. También significa arte, teatro, música, ciencia, literatura, idioma y otras cosas que han conseguido o creado las personas

energía una fuerza útil, como la electricidad que se produce para conseguir calor y luz

exposición algo que se muestra en un lugar público

fábrica un edificio donde se fabrican (hacen) cosas, normalmente por medio de máquinas

festival una celebración compartida por mucha gente y que puede tener lugar cada año

paso elevado una carretera que pasa por encima de otras carreteras e intersecciones

gobierno el grupo de líderes que toma decisiones y crea leyes para un país

ley una regla que crea un gobierno y que todos tienen que seguir

mijo un tipo de planta que produce semillas que la gente puede usar para hacer harina o como cereal

mezquita un lugar de culto, comunidad, cultura y aprendizaje para los musulmanes

nacional algo que tiene que ver con una nación. Por ejemplo, un museo nacional es el principal museo de todo un país

nómada una persona que viaja en vez de vivir en un lugar fijo. Muchos nómadas trasladan sus casas de lugar cuando cambian las estaciones

población el número de personas que viven en una ciudad, pueblo, región o país

reciclar usar algo otra vez en vez de tirarlo

caña un tipo de hierba alta que crece en lugares húmedos

rural algo que tiene que ver con un área donde hay granjas o que está lejos de las ciudades grandes

asentamiento un lugar donde la gente construye casas y vive

puesto una caseta o mesa donde la gente vende cosas

puente colgante un puente que cuelga de cables fuertes en vez de estar apoyado sobre algo

sostenible algo que puede durar. En el caso de las ciudades en desarrollo, sostenible significa hacer cosas de una forma que proteja los recursos para el futuro

tecnología los conocimientos científicos, los procesos o las herramientas que la gente puede usar para hacer cosas, por ejemplo, el uso de los ordenadores para trabajar o aprender

tradición algo que la gente siempre hace de la misma forma y que puede pasar a los miembros más jóvenes de una familia o comunidad

vehículo cosas como un coche, una bicicleta o un camión que se utilizan para transportar gente y objetos

celebrar culto mostrar respeto y devoción o rezar a un dios

Index

Índice

El índice español no sigue el mismo orden que el inglés.